Annette Wibowo

Nelly, die Regenbogen-Libelle aus dem Lichtland.

Das Buch:
„Nelly, die Regenbogen-Libelle aus dem Lichtland!" ist ein Märchen über das „Loslassen im Sterben". Es zeigt uns, dass wir alle den gleichen Ursprung haben und alle zu dieser Quelle der bedingungslosen Liebe zurückkehren, wenn unsere Zeit gekommen ist.

Die Autorin:
Annette Wibowo wurde 1966 in Darmstadt geboren. Als Kind war sie eine begeisterte Märchenleserin. Lange Zeit arbeitete sie als Texterin und freie Redakteurin. Durch ihre Tochter Asmara beschloss Annette Wibowo nicht mehr für die Werbung zu schreiben, sondern für sich selbst, ihre Familie und viele Kinder, die Spaß und Freude an ihren Geschichten haben. Ihre Geschichten zeigen ihre persönliche Verbundenheit mit der Natur und sind oft ein Aufruf für mehr Menschlichkeit und Liebe im gemeinsamen Miteinander. Die Autorin lebt mit ihrer Familie in Bad Vilbel. Von ihr sind bereits fünf Kinderbücher erschienen: „Pupa-der Perlmutter", „Sternenblumen", „Asmara auf dem Planeten Makanamu", „Zauber im Müllsee" und „Das Zwergenvolk von Lalé" sowie „Seelenherz", ihr erster von Herzen erstellter Gedichte und Kurzgeschichtenband für Erwachsene.

Bibliografische Information der Deutschen Nationalbibliothek:
Die Deutsche Nationalbibliothek verzeichnet diese Publikation in der Deutschen Nationalbibliografie; detaillierte bibliografische Daten sind im Internet über http://dnb.dnb.de abrufbar.

© *2016 Annette Wibowo*

Titelbild : dreamtime.com
Text: Annette Wibowo

Harapan Kinderbuch

Herstellung und Verlag: BoD – Books on Demand, Norderstedt

ISBN: 9783739245140

Hilfen zum Thema „Sterben und Tod":

Trauer von Kindern und Jugendlichen:
www.lacrima-rhein-main.de
www.allesistanders.de
www.kinder-krebskranker-eltern.de

Deutscher Hospiz und Palliativ Verband e.V.
www.dhpv.de

Grundinformationen zum Thema Hospiz
www.hospize.de

„Nelly, die Regenbogen-Libelle aus dem Lichtland."

Oder: Eine etwas andere Geschichte über das Sterben!

„Es hat sich nur deine äußere Form verändert, deine Liebe bleibt."

(tibetische Weisheit)

Für alle fühlenden Wesen.

Harapan Kinderbuch

Die Geschichte, die ich euch gerne erzählen möchte, handelt von Nelly.
Nelly, der kleinen Libelle aus dem Lichtland.

Nelly kam direkt vom Lichtland in unsere Welt. Das Lichtland ist das Land, das in all unseren Herzen schwingt. Es ist das Land, aus dem das Leben kommt. Und ein jedes Lebewesen trägt als Erinnerung an das Lichtland, aus dem es einmal gekommen ist, ein kleines schwingendes Herz in sich.

Viele von uns haben vergessen, dass sie ursprünglich aus dem Lichtland kommen, aber hin und wieder erinnern wir uns daran, dass das Lichtland das Land der strahlenden, bedingungslosen Liebe ist. Und in den Momenten, in denen wir uns erinnern, können wir eintauchen in die unendlich große Liebe des Lichtlandes.
Auch Nelly kam aus dem Lichtland auf die Erde. Als kleine Libelle hatte sie schnell vergessen, woher sie kam, denn Insekten haben ja nicht so große Gehirne wie wir Menschen.
Dennoch unterscheiden wir uns nicht voneinander, denn wir kommen alle aus der gleichen Quelle, dem Lichtland – dem Land der bedingungslosen Liebe.

Nelly war eine kleine und aufgeweckte Libelle. Sie surrte um die Blumen ihres Teiches und genoss die schillernden Farben der Seerosen und Wasserlilien. An manchen Tagen, wenn sie um die Stängel schwirrte, glänzten ihre Flügel in allen Farben des Regenbogens. Das machte Nelly unendlich glücklich. Sie konnte sich gar nicht erklären, warum sie so glücklich war, wenn ihre sonst durchsichtigen Schwingen in Rot, Gelb, Blau und Grün erstrahlten.

Am schönsten war, dass Nelly nicht nur alleine glücklich war. Unzählige Kinder, die das Wochenende mit ihren Eltern am See verbrachten, um Erholung zu finden, zu schwimmen und zu spielen, zeigten erstaunt und mit quiekenden Schreien auf Nelly, wenn sie – dem Regenbogen gleich – um die Seerosen schwirrte. Es war eine Freude und ein Glück, dass Nelly den Kindern und auch den Erwachsenen etwas schenkte, das sie sich gar nicht erklären konnte.

Flinke Kinderhändchen versuchten, sie zu fangen, aber Nelly war an dieses Spiel gewöhnt und freute sich, immer ein bisschen schneller sein zu können.

Nelly wuchs heran, und der Frühling wurde zum Sommer. Die flirrende Hitze war anstrengend. Dennoch genoss sie das unbeschwerte Fliegen über dem warmen Wasser. Abends, wenn der Mondschein den See erleuchtete, saß sie auf einem Seerosenblatt und tankte Kraft für den nächsten Tag.

Niemand konnte erklären, warum Nelly den Menschen so viel Freude in die Herzen zauberte, und auch Nelly konnte es nicht. Sie war der Ansicht, dass das wohl einzig und allein ihren bunt glitzernden Flügeln zuzuschreiben war.

Der Herbst kam, und die ersten Unwetter und Stürme kamen auf. Das gefiel Nelly gar nicht. Nun musste sie aufpassen, dass ihre Flügel nicht zu nass wurden, denn dann konnte sie nicht mehr fliegen und hätte bei einem Absturz ertrinken können.

Eines Tages, als Nelly trotz eines Unwetters flog, passierte etwas sehr Außergewöhnliches: Nelly wurde von einem Blitz getroffen. Sie war unvorsichtig gewesen und ein Blitzstrahl streifte ihren Kopf. Taumelnd fiel sie zu Boden und landete Gott sei Dank am weichen Ufer des Sees.

Als sie wieder zu sich kam, stellte sie mit Schrecken und Erstaunen fest, dass etwas ganz wesentlich anders geworden war. Was war bloß passiert? Sie lebte, das war sicher. Aber etwas hatte sich verändert. Was war das?

Langsam und ganz vorsichtig rappelte sie sich auf ihre kleinen Beinchen und schwang ihre Libellen-Flügel. Alles funktionierte.
Der Sturm hatte sich gelegt und die Sonne erschien am Himmel. Zärtlich streichelten die ersten Strahlen den Boden und schimmerten auf Nellys Körper. Und plötzlich wusste Nelly, was passiert war: Sie konnte fühlen. Sie sah an ihren Flügeln hinab und entdeckte das regenbogengleiche Schimmern. Sie fühlte das leichte Schwingen ihres kleinen Herzens, und mit einem Mal war ihr klar, dass sie sich selbst wahrnehmen konnte. Sie konnte erkennen und sie wusste, dass diese Farben aus dem Lichtland waren.

Überschwänglich schlug sie mit den Flügeln und gewann immer mehr an Höhe. Sie flog Spiralen und

Kreise – und ihr kleines Herz war angefüllt mit Freude. Das war es – so einfach.

Das war doch unglaublich: Alle Lebewesen hatten es. Doch warum wussten es nur so wenige?
Alle Lebewesen kamen mit der Schwingung der Liebe aus dem Lichtland in diese Welt. Und in besonderen Momenten tauchten sie wieder in diese Schwingung der Liebe ein. Dennoch konnten sie nicht bei ihr bleiben.

Nelly wollte das ändern, und so flog sie zu den kleinen Kindern und setzte sich auf ihre Schultern. Sie neckte die Mamis und Papis, indem sie um deren Köpfe Pirouetten flog. Und bei all diesen Flugmanövern schimmerten ihre Flügel in den schönsten Regenbogenfarben.

Trotzdem war Nelly traurig. Sie konnte nicht sprechen, und alle ihre Mühen halfen nicht, den Menschen mitzuteilen, dass wir um der Liebe willen hier in dieser Welt sind. Dass wir aus dem Lichtland der bedingungslosen Liebe kamen, um hier in dieser Welt zu lernen, dass diese Liebe das Wertvollste ist, das es gibt.

Eines Tages beschloss Nelly, einen Ausflug zu machen. Die Menschen an ihrem See schienen ihr unbelehrbar, und wie sollten sie Nelly auch verstehen, denn sie konnte ja nicht sprechen.

Und so verließ Nelly ihren See und flog und flog.

Plötzlich tauchte eine Stadt vor ihr auf. Und das größte Gebäude der Stadt wirkte magisch, deshalb flog sie direkt darauf zu. Fast wäre sie an der gläsernen Fassade zerschellt, jedoch erkannte sie in der letzten Sekunde, dass eines der Fenster offen stand – und schwupps flog sie hinein.

Was Nelly nicht ahnte, war, dass sie gerade in das Krankenhaus der Stadt geflogen war. Und nicht nur das: Sie war direkt in das Zimmer von Tom geflogen. Dort landete sie mit einem leisen Schwirren auf dem weißen Nachttisch.

In Toms Zimmer herrschte eine seltsame Stille. Nur das leise Surren von Maschinen war zu hören. Kein Mensch war in diesem Zimmer. Die beiden waren alleine.

Tom schaute sie aus geröteten Augen lächelnd an und streckte sein verkabeltes Händchen nach ihr aus. Nelly nahm dieses Freundschaftsangebot an. Sie setzte sich zärtlich auf Toms Hand. Als Tom Nelly und Nelly Tom anschaute, gab es so etwas wie ein Erkennen. Beide wussten: Sie kannten sich. Sie waren einander nicht fremd.

Tom war schwer erkrankt. Böse Zellen hatten seinen Körper angegriffen und vermehrten sich unaufhaltsam. Irgendwann würden keine guten Zellen mehr da sein, das wusste Tom. Und die Zeit war nicht mehr weit.

Am traurigsten machte es Tom, dass alle anderen es nicht zu wissen schienen. Sie trösteten ihn, sprachen ihm Mut zu und ermunterten ihn zum Kämpfen. Das war auch gut so, denn am Anfang der Krankheit hatte Tom gekämpft und auch hin und wieder gewonnen, aber jetzt war die Erkrankung so weit fortgeschritten, dass er zu erschöpft war, um weiter zu kämpfen. Und es stimmte ihn so unendlich traurig, dass nur er dies wahrzunehmen schien.

Bis – ja, bis jetzt.

Als Nelly mit ihren regenbogenschimmernden Flügeln auf Toms Hand saß, da wusste er, dass endlich Hilfe gekommen war. Und Nelly wusste, dass sie nur zu diesem einen Zweck in diese Welt gekommen war und den Blitzschlag überlebt hatte, um Tom den Weg ins Lichtland zu zeigen.

Tom und Nelly mussten nicht miteinander sprechen, denn die bedingungslose Liebe aus dem Lichtland braucht keine Worte. Und Tom wusste auch, dass er keine Angst haben musste vor dem, was jetzt folgte.

Endlich war es so weit. Er hatte schon so lange auf diesen Augenblick gewartet und er war glücklich, dass er Nelly so unerwartet an seiner Seite hatte. Die beiden schauten sich an und waren bereit: Nelly nahm Toms federleichten Geist auf ihren Rücken, flog durch das geöffnete Fenster immer höher und höher. Anfangs rumpelte der Flug noch etwas und Toms Geist hatte Angst. Als er jedoch das erste Glitzern des Lichtlandes sah, waren alle Angst und alle Zweifel wie weggeblasen.

Langsam ebbte auch das Schwingen, das alle Lebewesen des Lichtlandes hier auf Erden spüren, ab. Dies tat jedoch überhaupt nicht weh. Im Gegenteil, alle Schwingung löste sich in wundervolle Farben-Energie auf.

Nelly und er schwebten ins Lichtland. Bedingungslose Liebe wärmte die beiden, und ihre kleinen Seelen wurden immer weiter in dieser unendlichen Liebe. Regenbogenlicht legte sich wie eine schützende Kugel um diese Unendlichkeit. Beide waren dahin zurückgekehrt, wo sie einst herkamen.

Toms Weg zurück zum Lichtland war nicht leicht, dennoch war er jetzt sehr glücklich. Aller Schmerz war gegangen und zurück blieb... lichtvolle Liebe.

Dennoch blieb ein kleiner Wermutstropfen: Er wünschte sich von ganzem Herzen, dass Nelly seinen Eltern, seiner Schwester, seiner Oma und seinem Opa und all seinen Freunden mitteilen würde, wie gut es ihm jetzt in dieser bedingungslosen Liebe ging.

Und Nelly?
Nelly versprach das Tom und machte sich erneut auf den Weg in die Welt.

Leider konnte sie nicht sprechen. Dennoch hat sie versucht, den Menschen und allen Lebewesen Zeichen des Lichtlandes mitzubringen. Zeichen der Liebe und des unendlichen Lichtes im Lichtland.

Deshalb, liebe Lebewesen:
Wenn ihr eine Libelle seht, erinnert euch:
Es ist die Botin der Liebe aus dem Lichtland. Und auch der Regenbogen ist Bote des Lichtlandes. Sie beide erinnern uns daran, dass wir aus der Liebe gekommen sind und dass wir in die Liebe zurückkehren. Egal, wie leicht oder schwer dieser Weg sein wird: Wir kommen alle zur bedingungslosen Liebe des Lichtlandes zurück.

Toms Eltern haben sich einen kleinen Gartenteich angelegt. Und seltsamerweise fliegen dort jedes Jahr unzählige Libellen ihre kleinen Kreise.
Und Toms Eltern und seine Schwester Sarah sind jedes Mal tief in ihren Herzen berührt, wenn sie den schillernden und bunten Flügeln zuschauen.

AnfangEnde

Literaturempfehlung:

Mit dem Sterben leben: Aus der Praxis der spirituellen Sterbebegleitung"
Dorothea Mihm
ISBN: 978-3898750820, Taschenbuch 14,90 €

„Reise ins klare Licht – außerkörperliche Erfahrungen"
Dorothea Mihm, John Reynolds,
(CD Sterbevorbereitung und Sterbebegleitung)

„Das tibetische Buch vom Leben und vom Sterben"
Sogyal Rinpoche
Ein Schlüssel zu tieferem Verständnis von Leben und Tod
Taschenbuch 14,99 €
ISBN: 978-3426875285

„Interview mit dem Tod"
Jürgen Domian,
Taschenbuch 8,99 €#
ISBN: 978-3579065748

„Für ein gutes Ende"
Andreas S. Lübbe
(Erfahrungen auf einer Palliativstation, von der Kunst, Menschen in ihrem Sterben zu begleiten)
gebundene Ausgabe 19,99 €
ISBN: 978-3453200746

„Über das Sterben: „Was wir wissen. Was wir tun können. Wie wir uns darauf einstellen."
Gian Domenico Borasio
ISBN-10: 3423348070
Taschenbuch 9,90 €

Inhaber des Lehrstuhls für Palliativmedizin an der Universität Lausanne und Lehrbeauftragter für Palliativmedizin an der Technischen Universität München. Sorgte dafür, dass die Palliativmedizin im Medizinstudium zum Regelwerk gehört.

Hospize und Palliativstationen in Frankfurt und dem Wetteraukreis

Hospiz Sankt Katharina GmbH
Seckbacher Landstr. 65 E
60389 Frankfurt am Main
Tel.: 069 / 4603 2101

E-Mail: info@hospiz-sankt-katharina.de

Internet: www.hospiz-sankt-katharina.de

Evangelisches Hospiz Frankfurt am Main gGmbH
Rechneigrabenstraße 12
60311 Frankfurt am Main
T 069 299879-0
F 069 299879-60
E-Mail: info@hospiz-frankfurt.de
  www.hospiz-frankfurt.de

PalliativTeam Frankfurt gGmbH
Fon 069 – 1302 556 100
Fax 069 – 1302 556 111
E-Mail: info@palliativteam-frankfurt.de

Kinderhospiz Bärenherz Wiesbaden
Bahnstraße 13a
65205 Wiesbaden
Kinderwohnbereich
0611/360 11 10-33
Leitung
Claudia Langanki
claudia.langanki@baerenherz-wiesbaden.de
0611/360 11 10-31 (Tel.)
0162/290 49 86 (Mobil)

Koordinatorin ambulanter Kinderhospizdienst/stellv. Leitung
Magdalene Schmitt
lena.schmitt@baerenherz-wiesbaden.de
0611/360 11 10-40 (Tel.)
0162/290 49 85 (Mobil)

Palliativstation Krankenhaus Nordwest

Tel (069) 76 01 42 42
Fax (069) 76 01 42 61

E-Mail: renner.margot@khnw.de

Kontakt SAPV-Team Krankenhaus Nordwest

Sekretariat
Tel (069) 76 01 44 06
Fax (069) 76 01 44 05

E-Mail: pct@khnw.de

AGAPLESION MARKUS KRANKENHAUS
Wilhelm-Epstein-Straße 4
60431 Frankfurt am Main
T (069) 9533 - 46 20
F (069) 9533 - 46 37

E-Mail: zentrum-palliativmedizin@fdk.info

Hospiz Louise de Marillac
Nussallee 30
63450 Hanau
Telefon: (06181) 50 70 50
Telefax: (06181) 50 70 5 -121

E-Mail: hospiz@hbs-fd.de
www.hospiz-louise-hanau.de

Palliativ Team Hanau GmbH
Breslauer Straße 10, 63452 Hanau
Telefon: (06181) 189 523 0
Telefax: (06181) 189 523-2
E-Mail: info@palliativteam-hanau.de
Web: www.palliativteam-hanau.de

Palliativteam Hochtaunus GmbH

Daimlerstr. 12
61352 Bad Homburg
Fon 0 61 72 / 49 97 63-0
Fax 0 61 72 / 49 97 63-9

E-Mail: info@palliativteam-hochtaunus.de

Ambulantes Palliativ-Team Wetterau
Ockstädter Str. 3-5
D-61169 Friedberg

Tel.: 06031 89-3750
Fax: 06031 89-3751

Ambulante Hospizhilfe
Hessenring 65
61184 Karben

Telefon: (06039) 42572
E-Mail: info@hospizhilfe-karben.de

Hospizgruppe der Nachbarschaftshilfe Bad Vilbel
Koordinatorin Frau Dr. Uta Zierz
Marktplatz 2, 61118 Bad Vilbel
Tel: 06101/604892

E-Mail: vfse@gmx.net

Hospizhilfe Wetterau e.V.
Koordinatorin: Sabine Becker
Römerstraße 30, 61169 Friedberg
Tel.: 06031/6845829
Bahnhofspassage 10, 61169 Friedberg
Tel.: 06031/6845829
An der Sonnenschmiede 7, 61231 Bad Nauheim
Tel. 06032/869263

E-Mail: info@hospizhilfe-wetterau.de
Internet: www.hospizhilfe-wetterau.de

Pupa – der Perlmutter

Das Leben der bunten Fische im Meer ist schön. Alle Fische spielen miteinander. Nur der Perlmutter ist immer allein. Alle denken er ist hässlich. Erst die Freundschaft bringt seine innere und äußere Schönheit zutage.

Ein Lese- und Malbuch für kleinere Leute und größere Kinder.

ISBN 3-8311-1545-1
EUR 6,54

Sternenblumen

Wisst Ihr, wie die Blumen und die bunten Farben auf die Erde kommen? Warum sie uns glücklich machen und uns lachen lassen? Der kleine Spitzbub Joshua, der mit seinen Eltern in einer Höhle inmitten eines großen Waldes lebt, kann euch viel darüber erzählen. Von seiner Heimat, irgendwo auf unserer Erde, wo es nur grün und braun gab, und oft sehr langweilig war. Bis eines Tages die Elfe Soraja zu Joshua kam. Und ihn zum Planeten Jarum flog, wo der Zauberer Zebano schon wartete, um ihm ein fantastisches Geschenk zu machen. Ein Lese- und Malbuch für kleinere und größere Kinder.

ISBN 3-8311-3828-0
EUR 7,80

Asmara auf dem Planet Makanamu

Willst du wissen wie Musik reicht und wie Farben schmecken? Und warum die Liebe das Wichtigste in unserem Leben ist? Dann komm doch einfach mit. Asmara, der kleine, kecke und lebenslustige Schmetterling verzaubert dich mit einer liebevollen und fantastischen Geschichte. Er lebt auf einer Insel mit einer kleinen Stadt. Als die Betonwüsten und Blechlawinen drohen, seine Insel zu zerstören, beschließt er ein großes Abenteuer zu wagen. Und fliegt zum Planeten Makanamu. Auf Makanamu ist alles anders und dort erhält Asmara von Toromo ein wundervolles Geschenk für alle Menschen und Kinder dieser Erde.

Das Buch erklärt, wie Zeit funktioniert, und dass Freundschaft und Liebe das eigene Leben glücklich, farbenfroh und geborgen machen.

ISBN 3-8334-0405-1
EUR 8,50

Zauber im Müllsee

Endlich Sommerferien!
Wie jedes Jahr verbrachte Sophie auch diesmal gemeinsam mit ihren Eltern den Urlaub an einem riesig großen See.
Doch die große Urlaubsfreude wird schnell getrübt, nachdem Sophie feststellen muss, dass in diesem See große Müllberge lagern und dass fast alles Leben darin erloschen ist.
Da kommt „Rommo" aus dem Zauberland in der Seentiefe zur Hilfe und zeigt ihr eine Welt, in der leuchtende Farben glitzern und prächtige Lebewesen die Schönheit der Natur genießen.
Sophie ist von diesem Erlebnis so beeindruckt, dass ihr Leben nach dem Urlaub ein anderes ist, als vor dem Urlaub.

„Zauber im Müllsee!" zeigt Kindern auf spielerische Weise, wie wichtig ein verantwortungsvoller Umgang mit unserer Welt ist.

ISBN 978-3-7322-4777-6
4,80 EUR

„Das Zwergenvolk von Lalé – und die Geschichte der Brezel!"

Das Zwergenvolk von Lalé isst mit Vorliebe selbst gebackene Fladenbrote. Warum es jetzt einmal im Jahr ein prunkvolles Fest des gemeinsamen Teilens, mit Kerzen und Lichtern und vielen leckeren Brezeln feiert, erfährst du in diesem Märchen.

Und wie der Oberzwerg Huback mithilfe der Waldelfe SaSa den bösen Hungergeist und Gnom Horo besiegt, ihn vertreibt und damit seinem Zwergenvolk ein sehr wertvolles Geschenk macht:

Die Erkenntnis, dass Teilen etwas sehr Wichtiges ist und Zufriedenheit und Glück bringt.
Für kleine Menschen ab 3 Jahren.

ISBN 978-3-7357-1878-5
6,50 EUR

Für Erwachsene:

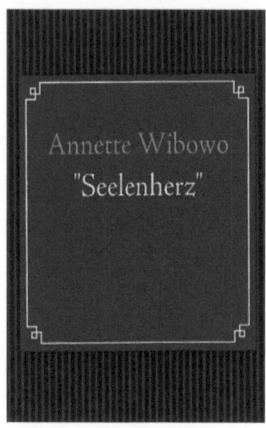

Seelenherz !

Die Kinderbuchautorin Annette Wibowo hat bereits in der Anthologie „Lust auf Gefühl" erste Gedichte veröffentlicht, die durch Lesungen viel Beachtung fanden.

In diesem Lyrikband skizziert Sie den Menschen als Seelenherz in seiner ganzen Bandbreite.

Die Gedichte und Kurzgeschichten nehmen den Leser gefangen, konfrontieren mit der eigenen Herzseele, verschonen nicht mit Wahrheiten und lassen dennoch Raum zum Träumen und Hoffen.

Wer sich in die Tiefen von „Seelenherz" fallen lässt, findet einen Juwelen, der das eigene Leben belebt und glücklich machen kann.

Stimmungen und Emotionen führen zum Inneren des Denkens und lassen Raum für die persönliche Begegnung mit dem eigenen Kern. Freiheit und Entwicklung sind möglich, durch dieses Buch, das mit moderner Lyrik begeistert.

ISBN 9-783839-145630
6,25 EUR